À qui sont ces grandes dents ?
Copyright © 2016
Sandrine Beau, Marjorie Béal et D'eux.
Révision : Isabelle Leblanc

Catalogage avant publication de Bibliothèque
et Archives nationales du Québec et Bibliothèque et Archives Canada

Beau, Sandrine, 1968-

À qui sont ces grandes dents?
Pour enfants de 2 ans et plus.

ISBN 978-2-924645-02-4
I. Béal, Marjorie, 1980-   . II. Titre.
PZ23.B39888Aq 2016   j843'.92   C2015-942183-7

Distribution : Diffusion Dimedia
www.dimedia.com

Imprimé en Chine
par Toppan Leefung Printing Limited

EUX. NOUS. VOUS !
  D'eux

1042 Walton
Sherbrooke (Québec)
J1H 1K7
www.editionsdeux.com

À qui sont ces grandes dents ?

Sandrine Beau   Marjorie Béal

À mes deux super p'tits loups :
Oscar et Matéo !
S. B.

À Manon et Jules.
M. B.

d²eux

À qui
sont ces poils noirs ?

noirs...
Tous noirs...

Ah non,
il y a
une tache blanche.

Qu'est-ce que c'est ?

À qui sont
ces grandes dents ?

À qui sont
ces oreilles pointues ?

À qui sont
ces yeux perçants ?

À qui sont
ces longues pattes ?

À qui sont
ces griffes tranchantes ?

À qui est
cette queue touffue ?

À qui ?

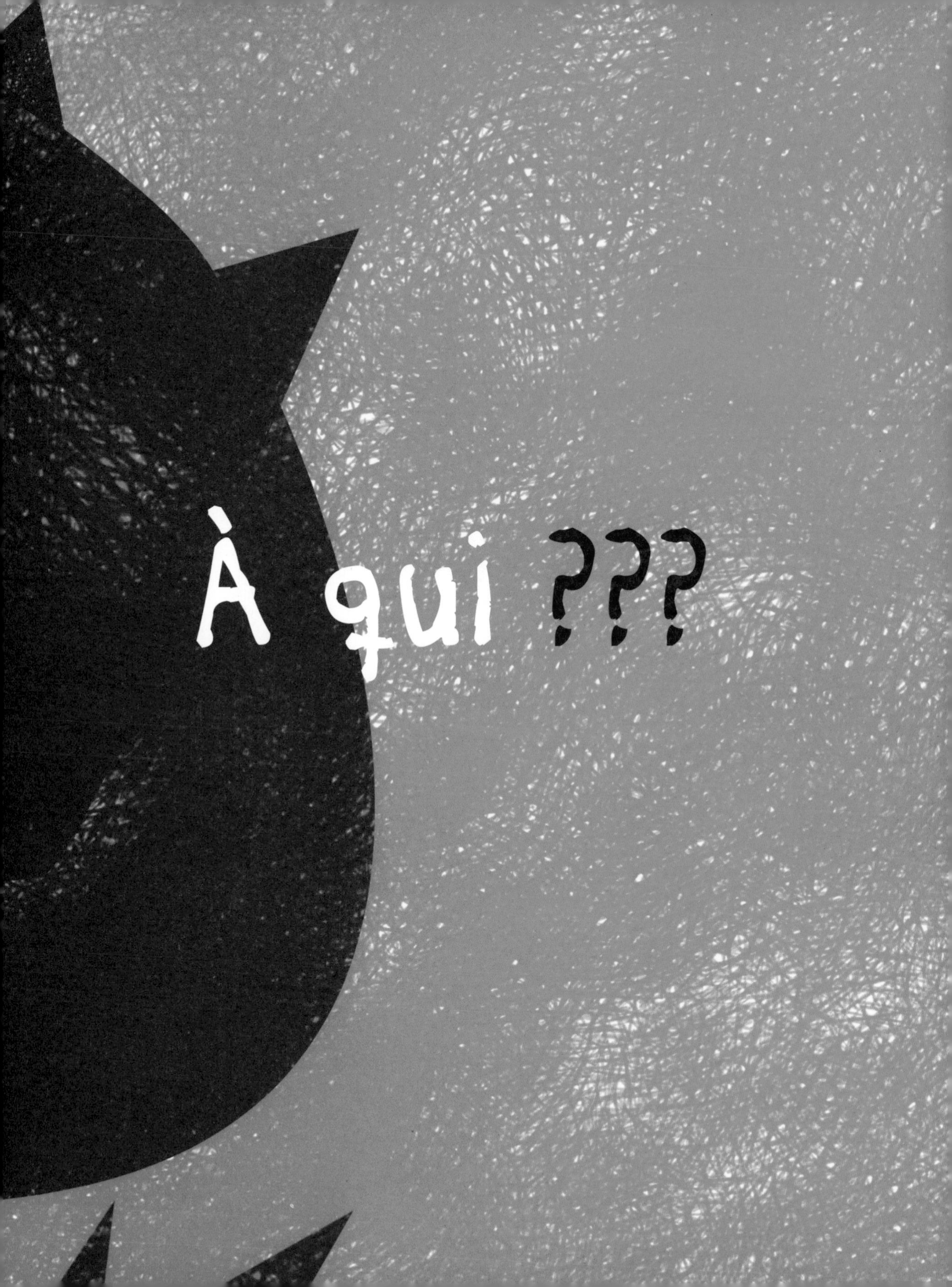

À qui ???

À un tout
petit loup
qui fait un câlin
à sa maman.

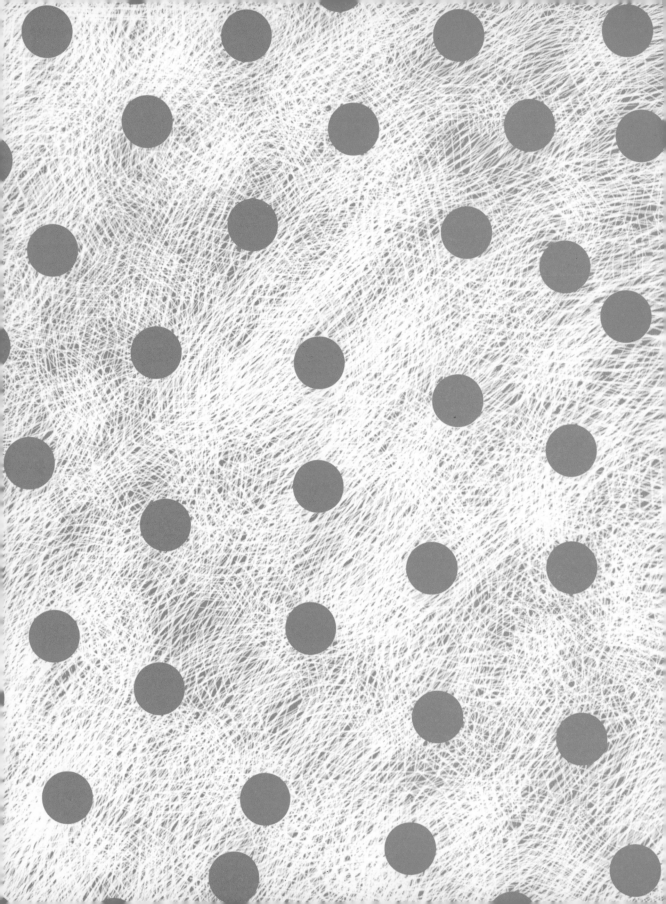